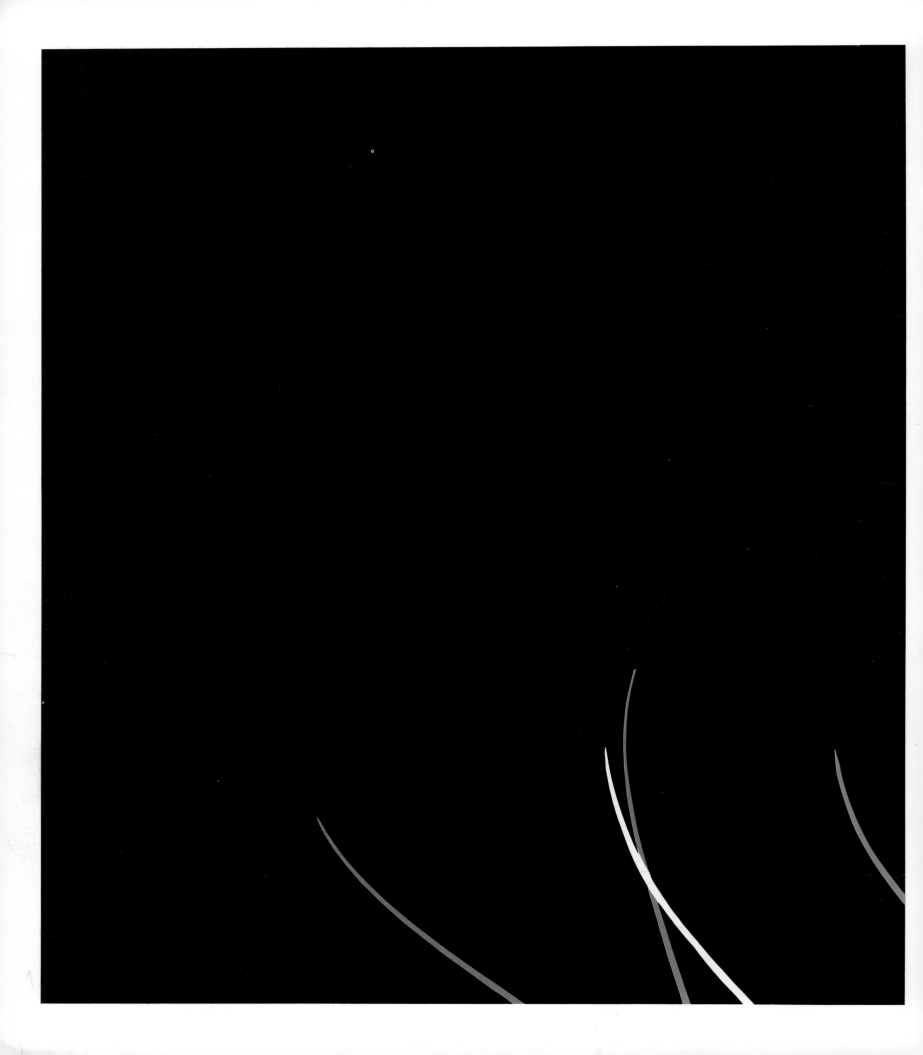

ED YOUNG
Siete ratones ciegos

SCHOLASTIC INC.

New York Toronto London Auckland Sydney

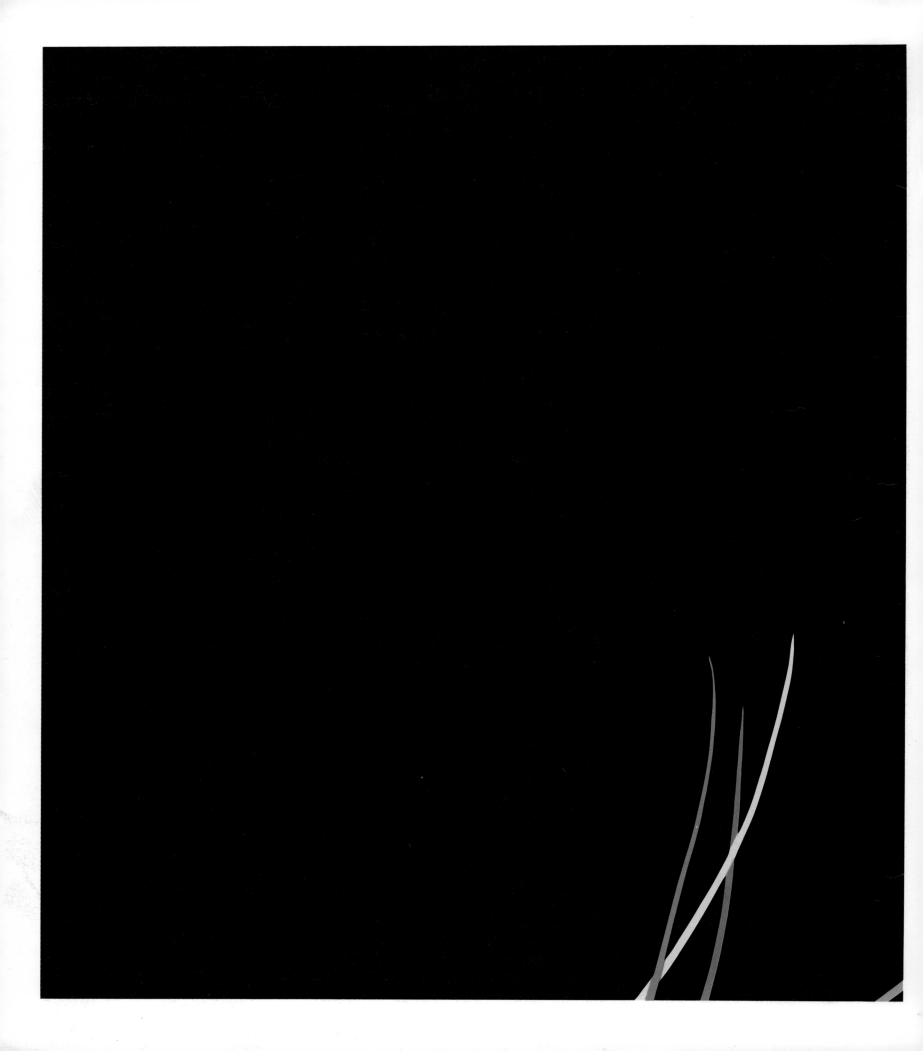

Un día, siete ratones ciegos se sorprendieron al encontrar una Cosa extraña cerca de su estanque. —¿Qué es esto? —gritaron y volvieron a casa.

El lunes, Ratón Rojo salió a averiguar.
Fue el primero en ir.

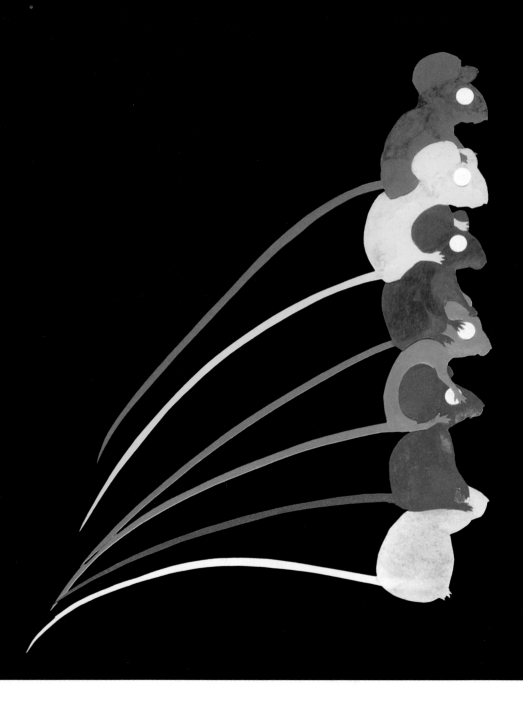

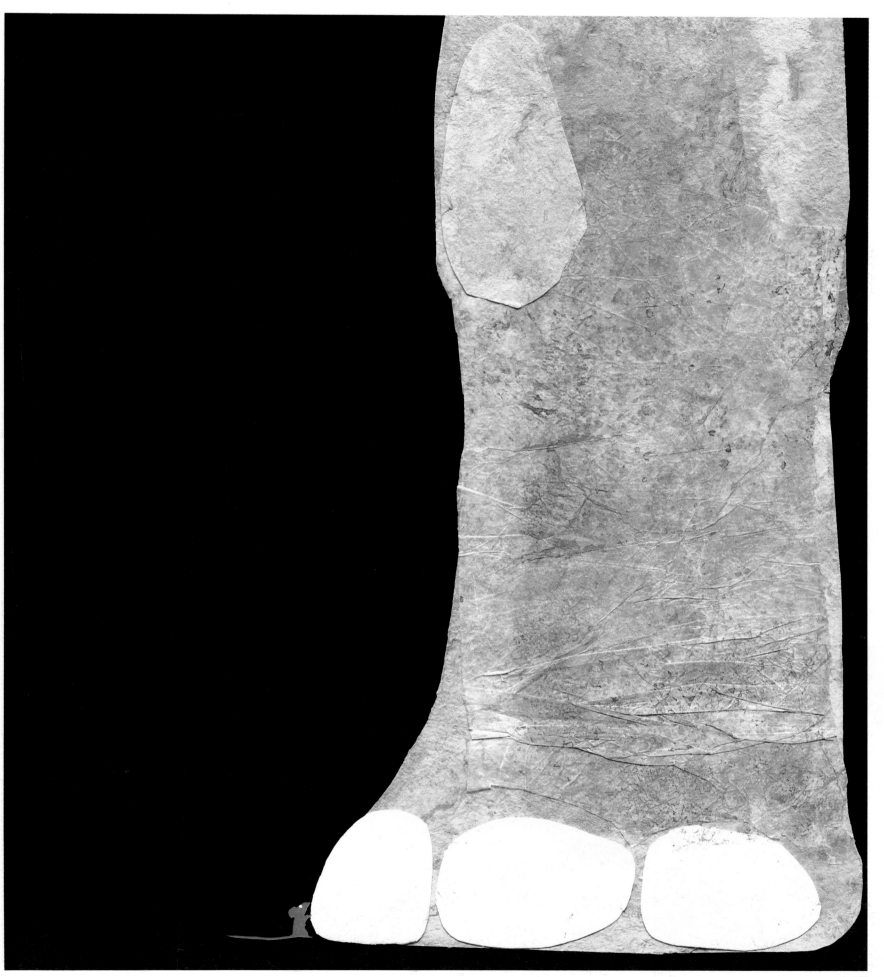

—Es una columna —dijo.
Pero nadie le creyó.

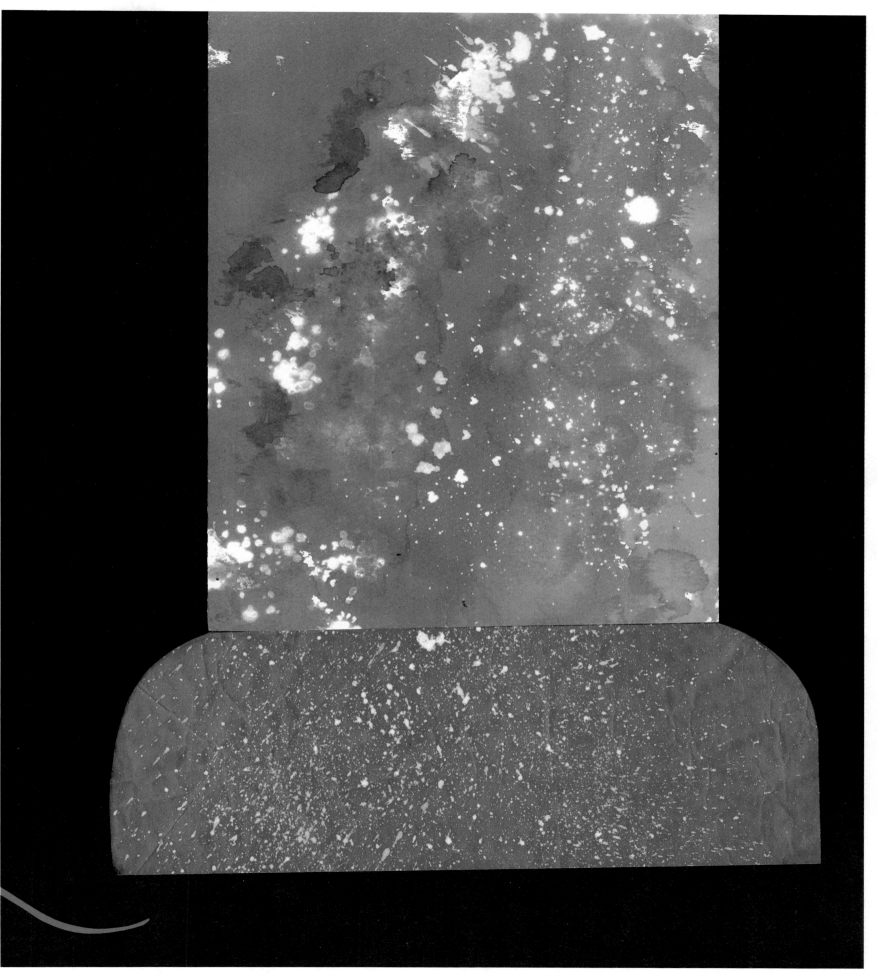

El martes, Ratón Verde también lo quiso intentar.
Fue el segundo en ir.

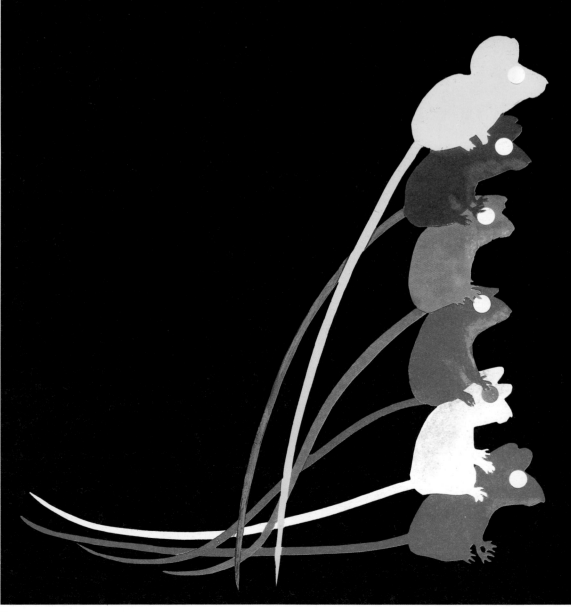

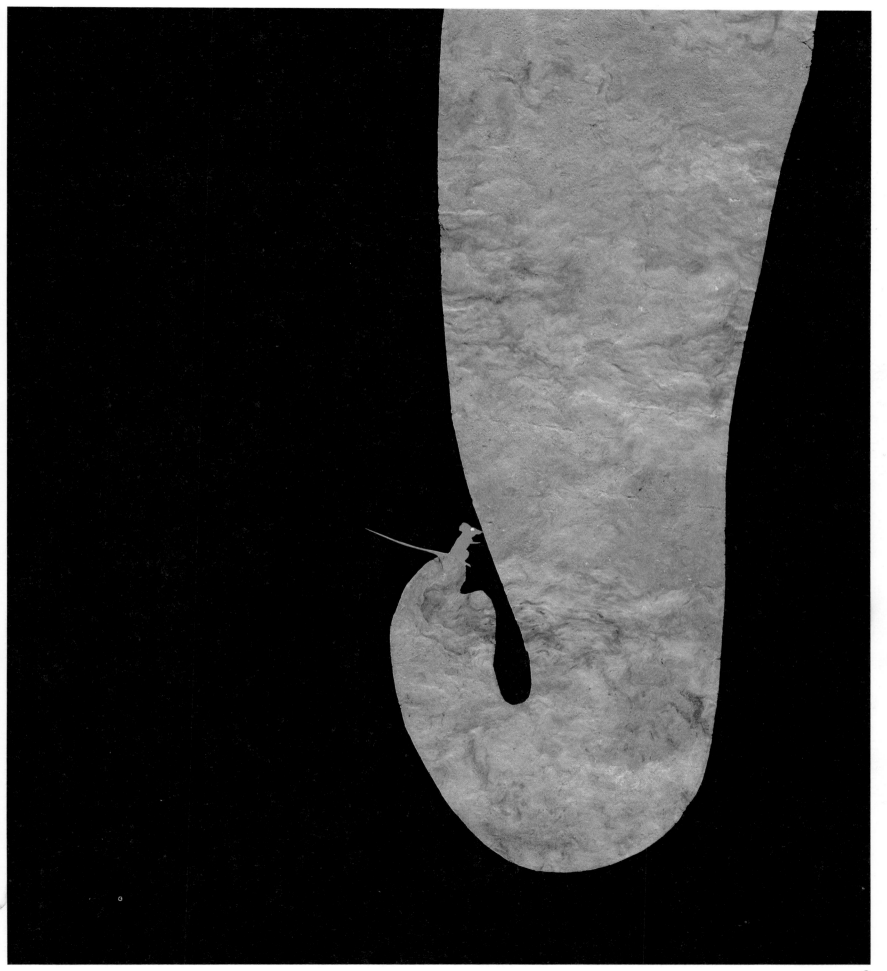

—Es una serpiente —exclamó.

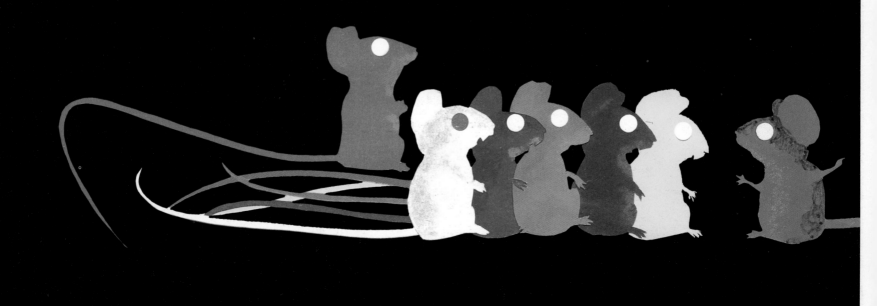

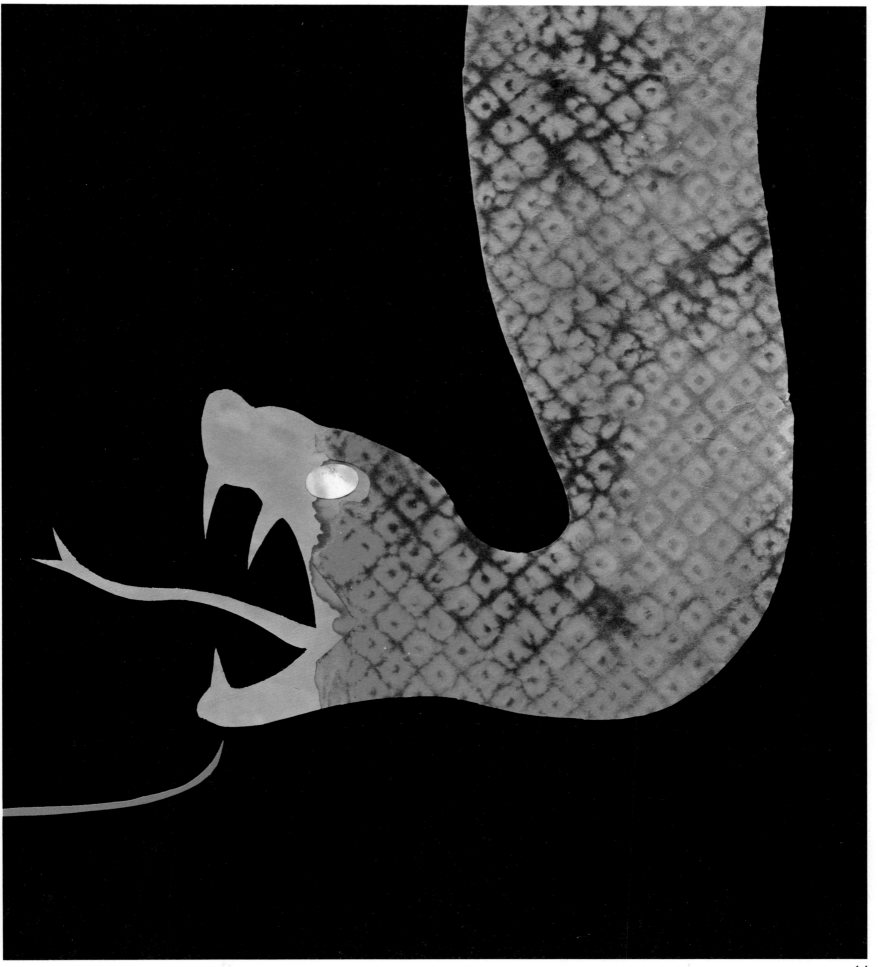

—No —dijo Ratón Amarillo el miércoles—.

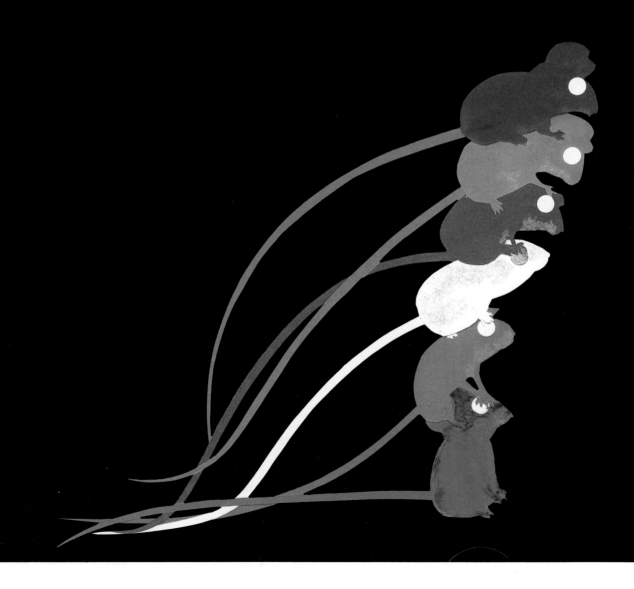

Es una lanza.
Fue el tercero en ir.

El cuarto en ir fue Ratón Morado.
Salió el jueves.

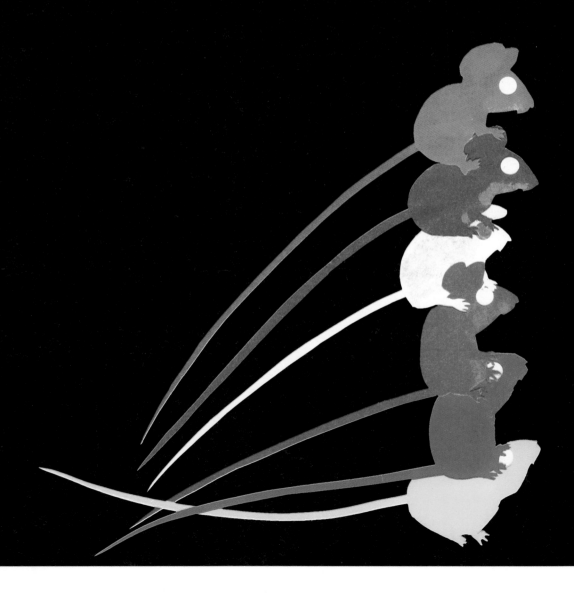

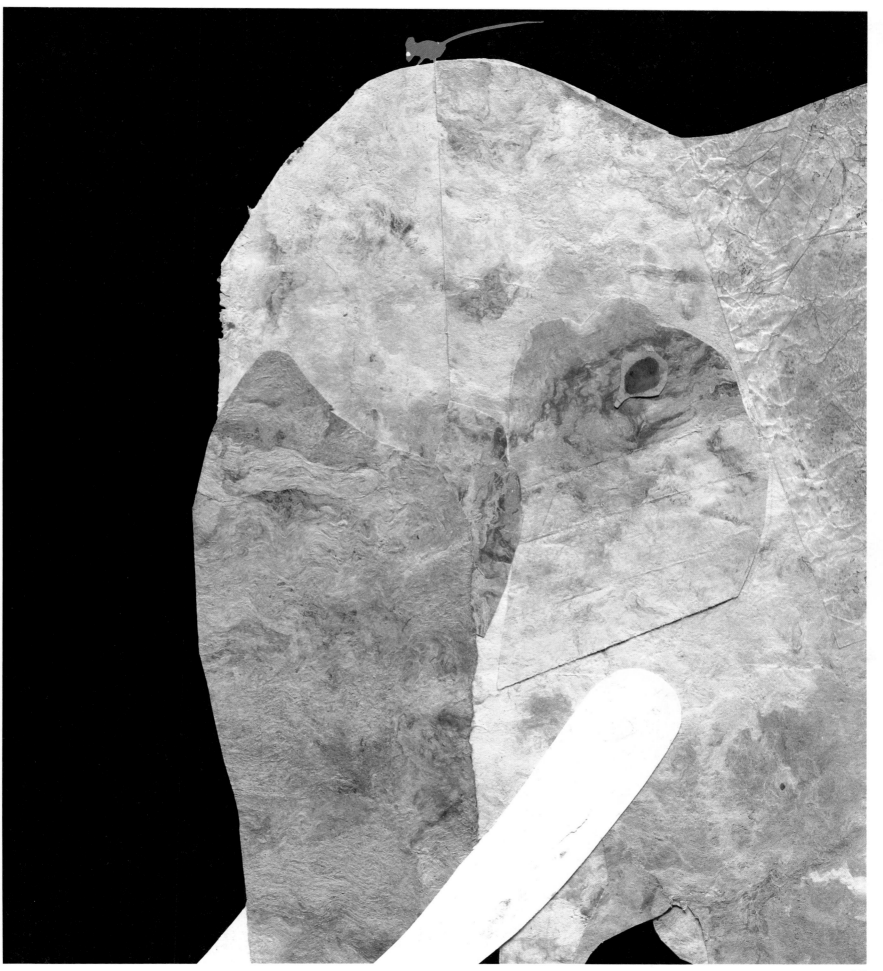

—Es un gran peñasco —opinó.

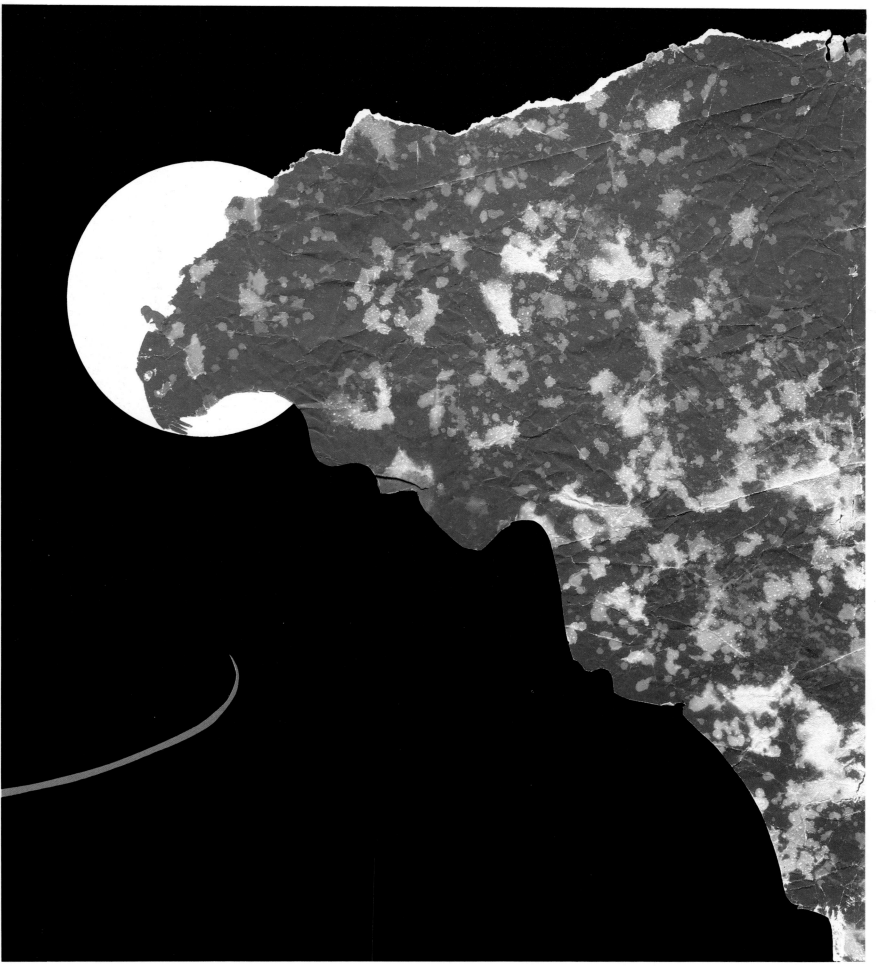

19

Ratón Anaranjado salió el viernes.
Fue el quinto en ir.

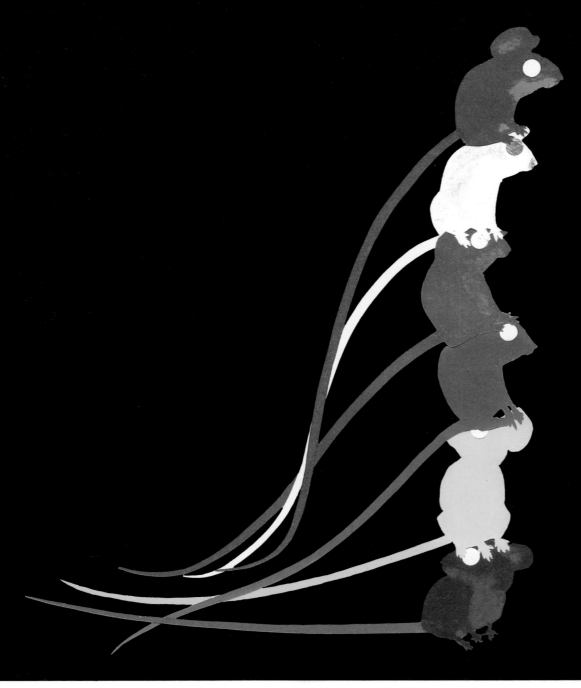

—Es un abanico —gritó—. Sentí cómo se movía.

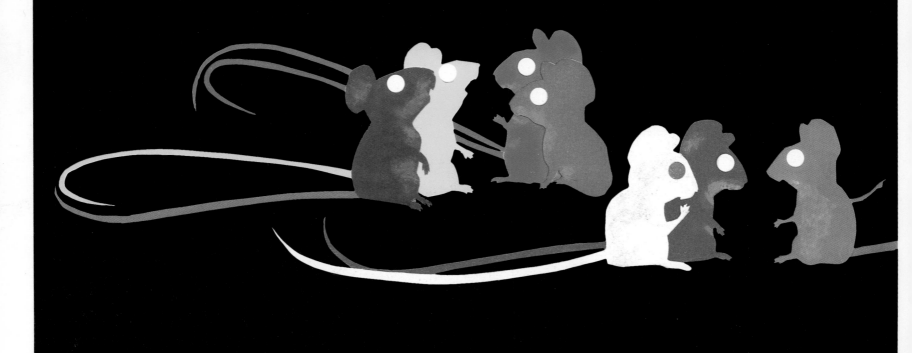

El sexto en ir fue Ratón Azul.

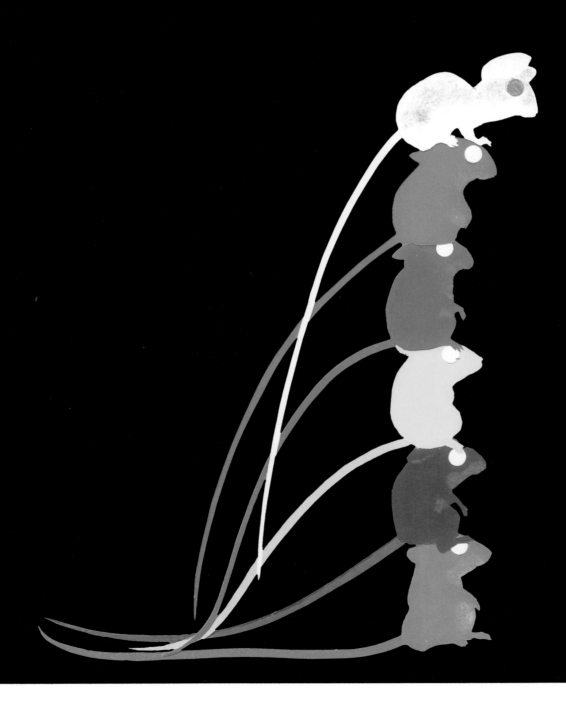

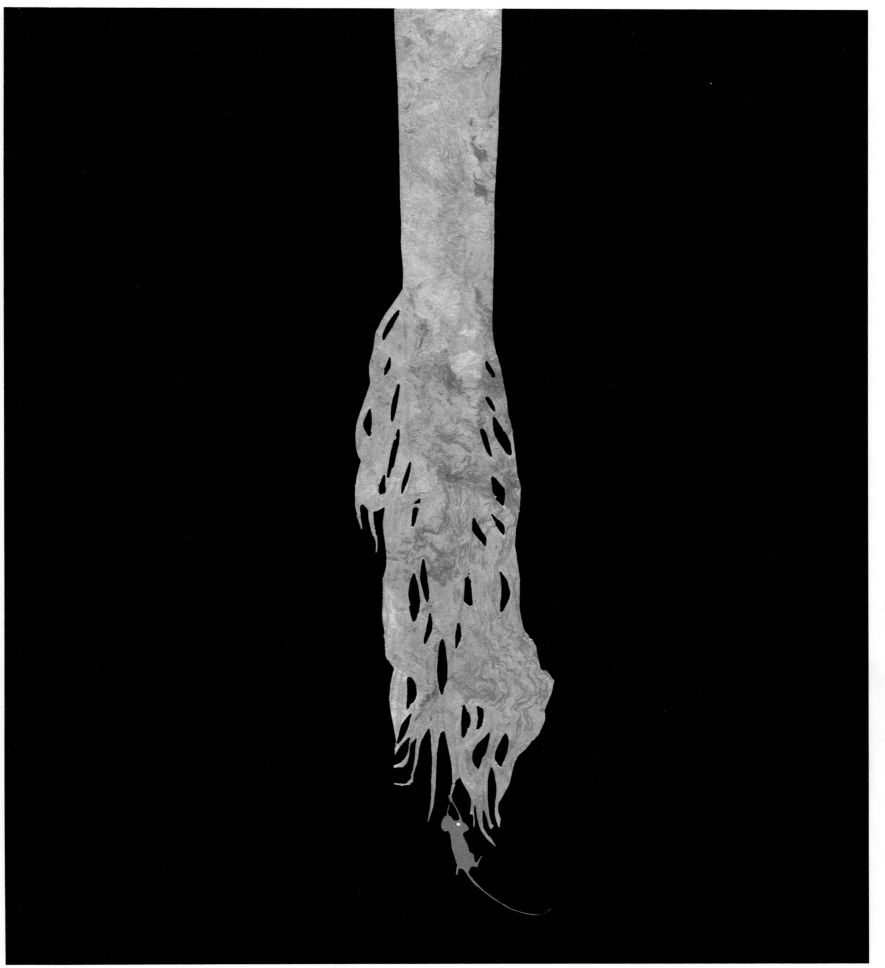

Era sábado y dijo:
—Es sólo una cuerda.

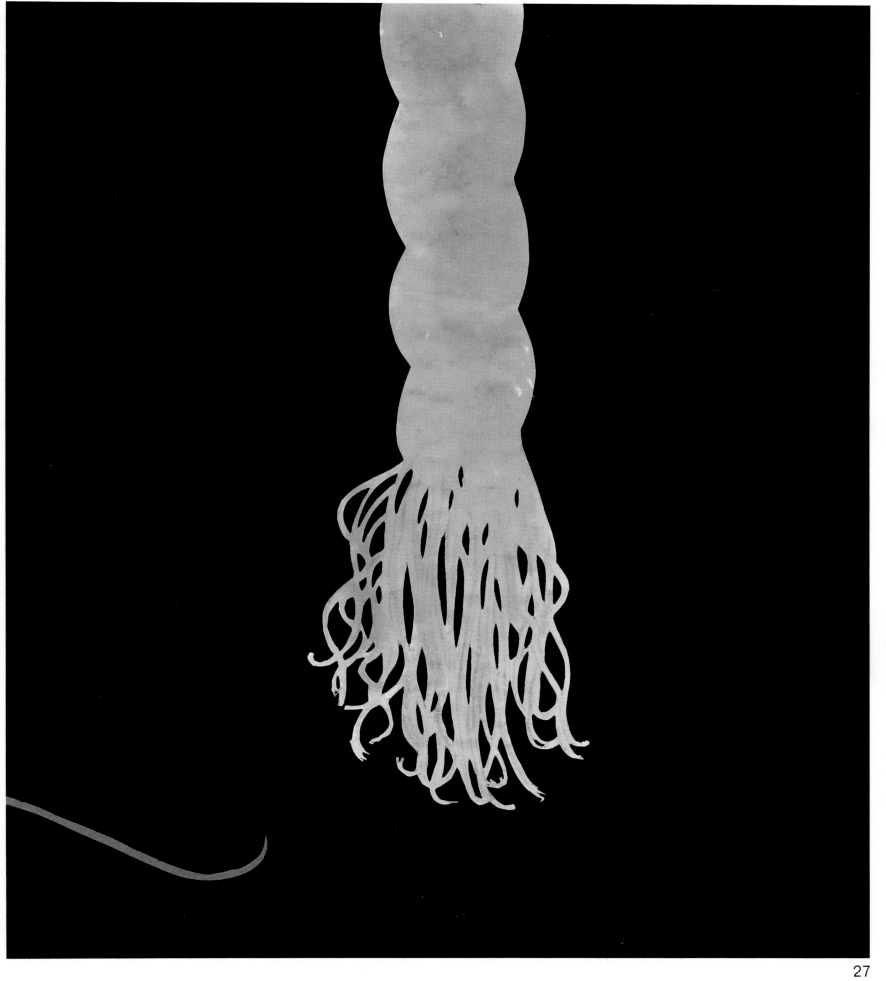

Pero los otros no estaban de acuerdo.
Se pusieron a discutir:
— ¡Una serpiente!
— ¡Una cuerda!
— ¡Un abanico!
— ¡Un peñasco!

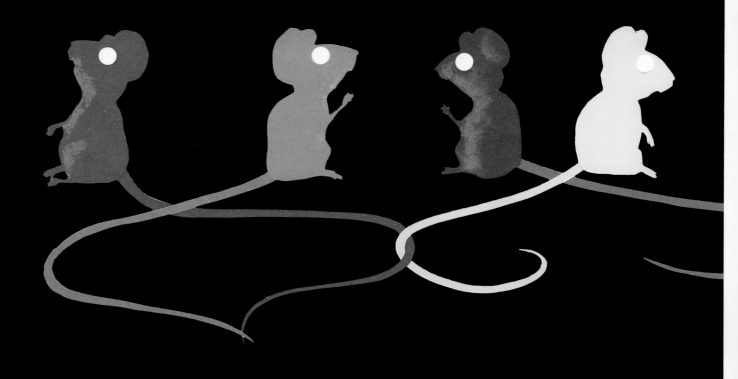

Hasta que el domingo, Ratón Blanco,
el séptimo de los ratones,
fue al estanque.

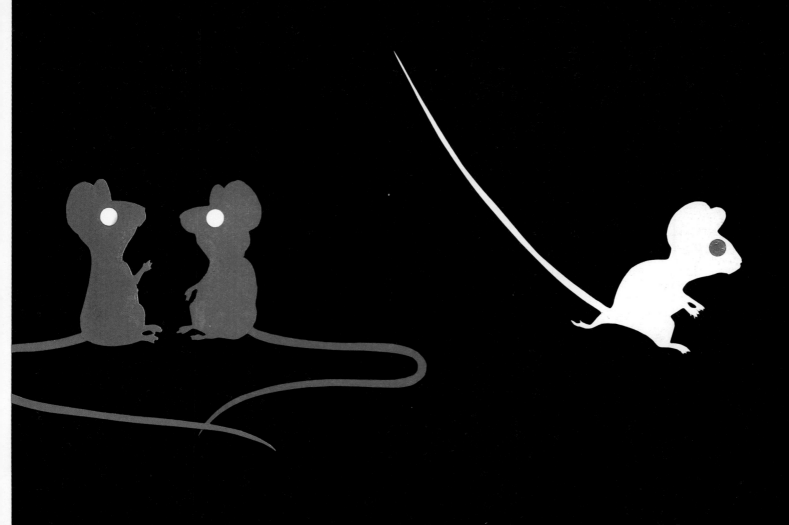

Cuando se encontró con la Cosa, Ratón Blanco la recorrió de un lado a otro, de arriba a abajo y de una punta a la otra.

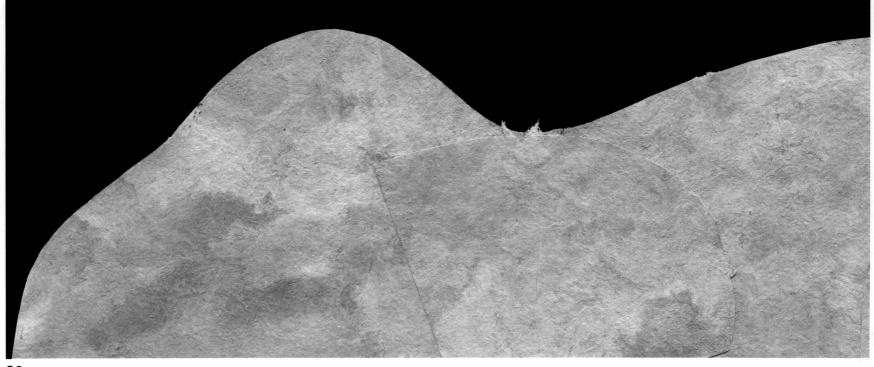

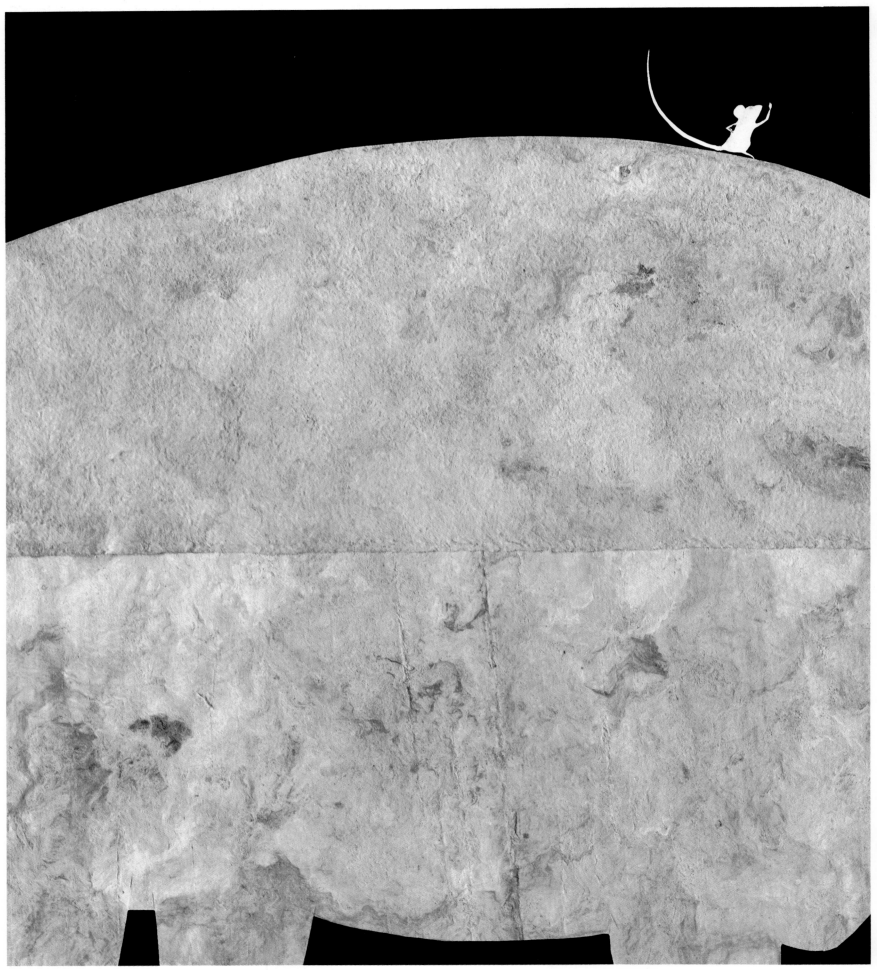

—¡Ah! —exclamó Ratón Blanco—.
Ahora ya veo.
La Cosa es fuerte
    como una columna,
    flexible como una serpiente,
    ancha como un peñasco,
    puntiaguda como una lanza,
    refrescante como un abanico,
    larga y delgada como una cuerda,
pero si juntamos todo, la Cosa es...

¡un elefante!

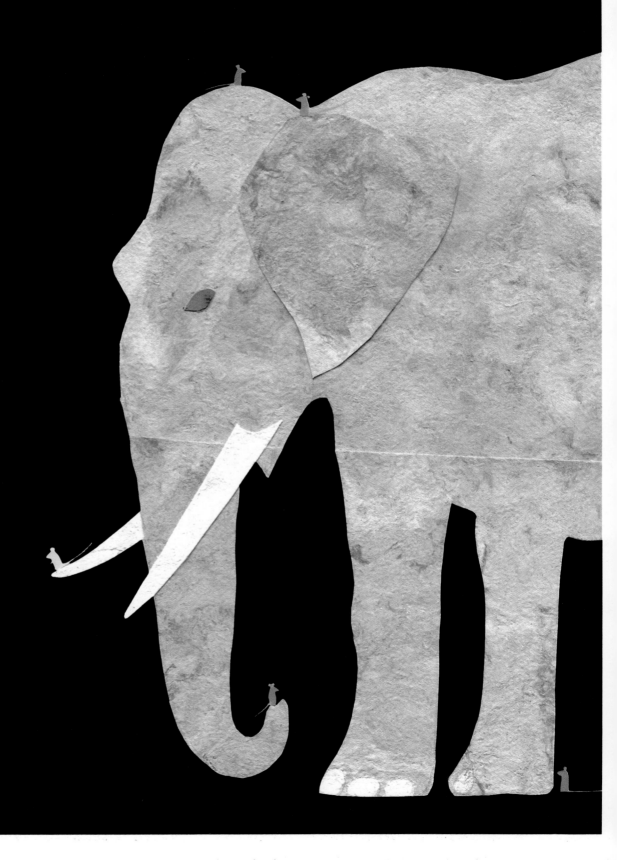

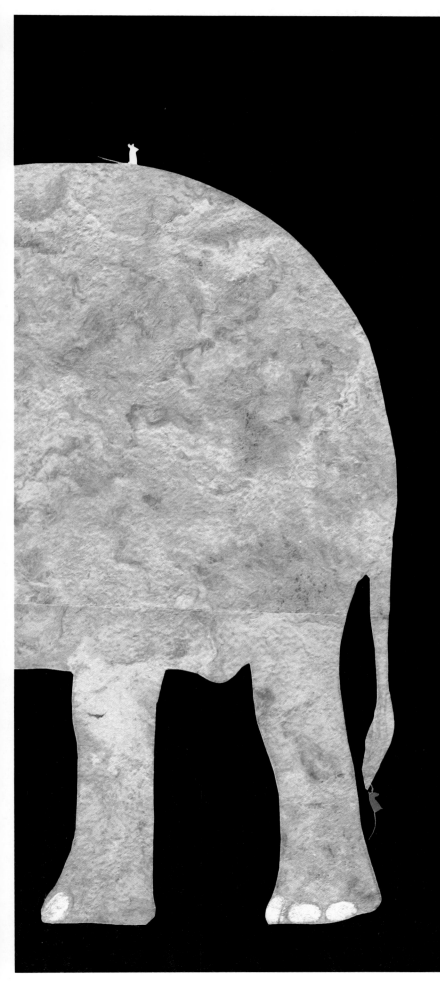

Y cuando los demás
ratones recorrieron la
Cosa de un lado
a otro, de arriba a
abajo y de una punta
a la otra, estuvieron
de acuerdo. Ahora
ellos también lo veían.

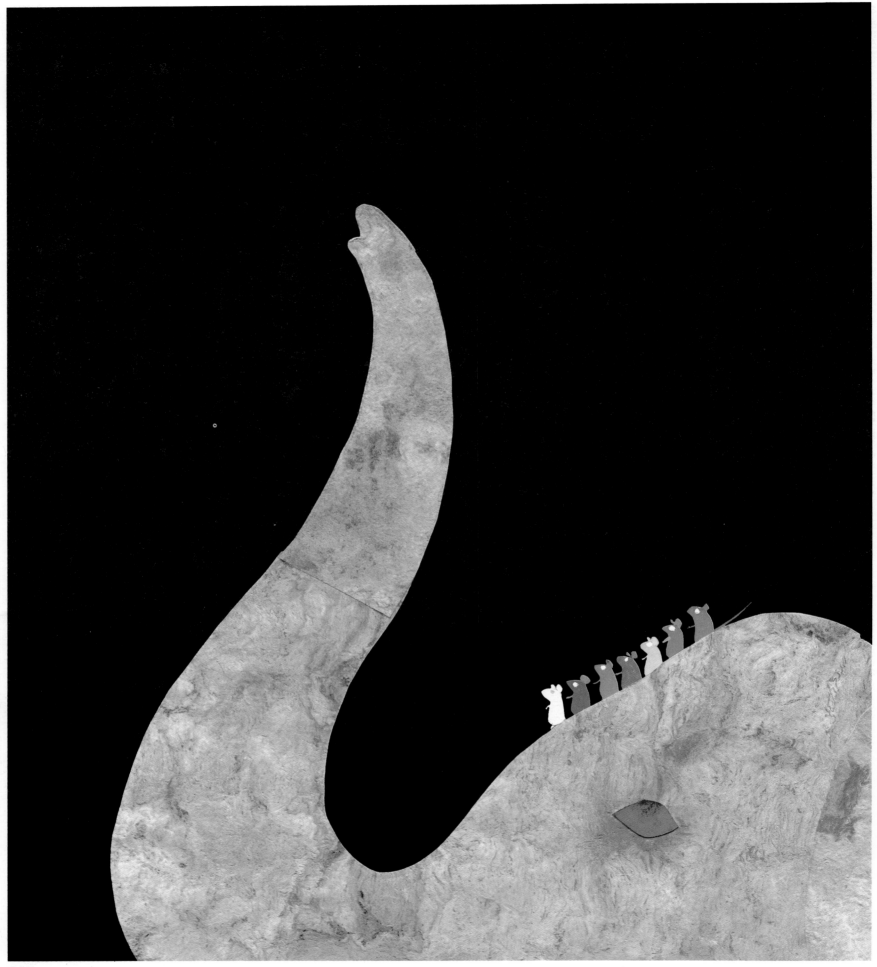

Moraleja:
Una verdad a medias puede suscitar una buena historia, pero la sabiduría procede de conocer el todo.

A Wang Kwong-Mei, 艾耐哥哥
quien me abrió los ojos al camino
del conocimiento y de la sabiduría
en mis años de aprendizaje.

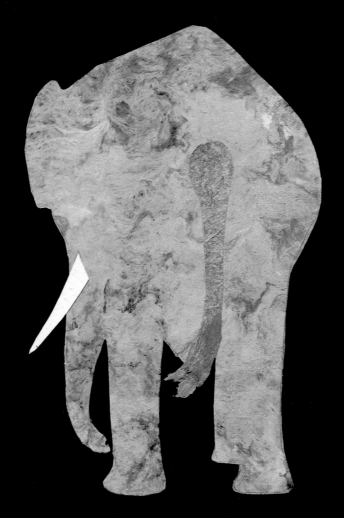

Originally published as: *Seven Blind Mice*

Copyright © 1992 by Ed Young.
Spanish translation copyright © 1995 by Scholastic Inc.
All rights reserved. Published by Scholastic Inc., 555 Broadway,
New York, NY 10012, by arrangement with
McIntosh & Otis, Inc.
Printed in the U.S.A.
ISBN 0-590-48525-3

8 9 10   08   09 08 07 06 05